# 시인의 말

누군가 간혹 내게 질문을 던집니다. 법학을 공부하며 시를 쓴다는 게 대단하다고,

어찌 보면 법학을 공부하는 제가 시 창작이라는 다소 어울릴 것 같지 않은 일을 벌여 놓고 있는지도 모릅니다. 세상을 바라보며 세상을 함께 엮어가는 사람들의 사연을 되돌아보면서 제가 느끼는 감정을 글로나마 표현을 하고 있는지도 모릅니다.

어느 새내기 대학생이 제게 묻기를 자신은 시가 너무 좋아 여러 시집을 구해서 종종 읽어 보지만 도무지 시 속에 담겨진 뜻을 풀지를 못하겠으니 좀 이해하기 쉽게 쓰시면 안 되겠냐고 하던 모습이 떠오릅니다. 저 역시 남들이 이해하기 쉽도록 글을 쓰고자 노력하고 있지만 아직도 갈 길이 먼 그곳에 도착이나 할 수 있을까라는 의문을 던집니다.

"밀알들의 이야기" 산문집을 시작으로 "세월은 지워져만 가고" 제1 시집을 출간한 후 2년여 만에 제2 시집을 세상에 선보이면서 한 편으로는 두렵기도 부끄럽기도 하지만 시를 통하여 세상과 소통하고자 하는 저의 창작 메커니즘은 내려놓을 수 없기에 연서를 쓰는 마음으로 용기 내어 출간하게 되었습니다.

많이 부족한 글이지만 사랑과 관심으로 지켜봐 주시면 저의 시문학은 영글어 갈 것입니다.

제2 시집이 출간되기까지 물심양면으로 도움을 주신 (사)창작문학예술인협의회 김락호 이사장님 그리고 시음사 편집부 관계자, 대한시낭송가협회 낭송가님들께 지면을 빌어 감사의 마음을 전합니다.

시인 **임세훈**

# 목차

# 목차

**QR 코드**

스마트폰으로 QR 코드를 스캔하면
시낭송을 감상할 수 있습니다.

제목 : 그리움 환영

시낭송 : 박영애

# 목차

**QR 코드**

스마트폰으로 QR 코드를 스캔하면
시낭송을 감상할 수 있습니다.

제목 : 첫사랑

시낭송 : 박영애

# 목차

**QR 코드**

스마트폰으로 QR 코드를 스캔하면
시낭송을 감상할 수 있습니다.

제목 : 세월의 페이지는
넘겨지고
시낭송 : 박영애

## 해돋이 보면서

찬 서리 내린 아침
일출봉 꼭짓점
하늘 맞닿은 능선
해돋이
사진작가 앉아있네

동녘 태양 아지방
아침 인사 여쭙는 듯
내 등어리 향해 찰칵
카메라 플래시
연신 터트린다

주름진 모습
핏기없는 얼굴
숨 돌릴 틈 없이
달려온
굴곡진 인생

기념사진 여남은 장
앨범에 담아
넌지시 건네준다
황혼의 질 무렵
되새기라며.

## 해지개 보면서

어스름 내린 저녁
고내봉 꼭짓점
하늘 맞닿은 능선
해지개
사진작가 앉아있네

서녘 태양 아지방
저녁 인사 여쭙는 듯
내 정면 향해 찰칵
카메라 플래시
반짝 터트린다

퀘퀘한 모습
헝클어진 백발머리
폼 잡을 틈 없이
헤쳐온
가시밭길 인생

영정사진 한 장
액자에 담아
서산 너머 숨긴다
황혼이 질 무렵
찾아가라며.

# 갈대의 흔들림

바람 불면 갈대숲은
흰 물결 일렁거리듯
또 다른 바다를 만들고
끝없이 펼쳐진 갈꽃들의
달아오른 출렁거림에

가을이
사시나무 떨듯 뱉어내는
외로움을 쏟아놓고 떠나며
남긴 것은 가슴앓이 병

한 여인이 외로움에 아리어
눈가에 이슬방울 맺히도록
한없이 그리워하며 서 있다

갈대는
포근히 감싸드는 솜털처럼
저토록 흰 꽃망울을
피우려 몸부림치는 것일까?

가을바람 따라 나부끼듯
흐름에 자신을 내맡기고
갈대는 오늘도
상념을 하는 듯 표정이 없다.

# 거울 속의 다른 나

목욕탕 안에 두 개의 움직임
거울 속에 누군가 숨어있다
희뿌연한 유리 너머 소리 없이
목욕하는 중년인 듯한 남자

홀딱 벗고 거시기 내보인 채
광대놀음 하려나
꼴값 떨다가
물끄러미 쳐다보며
오만상 찌푸리듯 째려보는 사람
닮은 듯 닮지 않은 사람
나사 풀린 듯 모자란 듯
애처롭기 그지없는 몰골

따라 하려면 제대로 할 것이지
오른쪽 귀 만지면 왼쪽 귀 만지고
왼쪽 눈 윙크하면 오른쪽 눈 윙크하며
청개구리 술수 부리는 볼품없는 남자

스무살 연배인 것 같은 어르신
누구신지 물어봐도 벙어리인 듯
입술만 오물쪼물
대답 없는 물음표
들리는 건 청승맞은 메아리뿐.

# 가을의 편지

가을볕 쏟아지는
하얀 구름 위로
파아란 파문 스치듯
잔잔히 떠오르는 초상(肖像)

빨갛게 물든 능금들 유혹에
고추잠자리도 반했나 보다
비행하듯 맴돌면서
처녀들 가슴을 설레게 한다

가을은 늘
이렇게 찾아와 머무나 보다
억새밭에 이는 솔솔한 바람 따라
들꽃들 노래 흥얼거릴 때
어디론가 떠나고파
그리움에 밤 지새며
깨알 글씨로
그대에게 편지를 쓴다

그리움 정 가득 담아
빼곡히 쓰다가 보면
하얀 종이엔 어느새
농익은 오색단풍 얼룩지겠지.

# 기다림1

호숫가를 거닐 던 하얀 달빛도
어디론가 휘 떠나 버렸습니다
별똥별들도 곤히 잠들었나 봅니다
귀뚜라미 연주 소리만 들립니다

그리움이 너무나 사무쳐서 아마도
달빛을 제가 먹어버렸나 봅니다
별똥별을 삼켜버렸나 봅니다
속 타는 마음을 식힐 수가 없어서
마음의 촛불은 사위어만 갑니다

이대로 주저앉을 수는 없습니다
속절없이 깊어만 가는 이 밤에
스쳐 가는 바람으로 다가오실까
휘날리는 눈꽃으로 내려오실까
두근두근 창밖을 내다 봅니다

그대 오시지 않는다는 것 알면서도
강물처럼 밀려오는 외로움에
혹시나 그대 오실지도 몰라서
오늘 밤은 잠들 수가 없습니다.
언젠가는 제 마음을 알 테니까요.

## 기다림2

달빛 잠긴 잔잔한 호숫가에
별똥별 쏟아져 내립니다
풍경 소리만 외로운 것은 아닙니다
별들도 외로웠던 모양입니다

갈대꽃 눈송이처럼 내려와
절레절레 고갯짓하는 가을이면
함박눈 수북이 내리는 겨울이면
그대 모습 또렷이 채색됩니다

달무리 외로워 달 곁에 머물 때면
늘 그렇게 물끄러미 창밖을 봅니다
날은 저물고 비바람 불어와도
그리움에 배고픈 이 가슴 있는 한

달빛이 잠들고 별빛이 사라져도
오직 그대만 기다리겠습니다
제 온몸 아낌없이 불태워서라도
그대 오는 그 길 불 밝히겠습니다
그대 행여나 다치실까 봐.

# 개발 현장

병풍처럼 바람막이해주던
두메산골
내 어릴 적 뛰어놀던 고향
너무 아파서 엉엉 울고 있더라

전설처럼 가꾸던 이야기들도
두려움에 파르르 떨고 있더라
쉼터 없는
성냥갑 건물에 가로막혔더라

잔인한 금속성 음향 앞에
내 엉덩이 빼닮았던 언덕들
폴짝거리던 징검다리들
너무나 무서워 숨어 버렸더라

그 얼굴조차 잊혀 버렸더라
사정없이 잘라 버렸더라
까르르 울고 웃던 어린 동심
송두리째 뽑혀 버렸더라.

## 말들은

부드러운 마음으로
말을
다독이고

진실한 마음으로
말을
사랑하고

정직한 마음으로
말을
쓸어주고

공손한 마음으로
말을
생각하고

애처로운 마음으로
말을
아껴주면

말들은
날뛰지도 않고
난폭하지도 않고
순한 양처럼
언제나 온순하더라.

# 게으름

삭막한 성냥갑 콘크리트 숲에서
하루의 절반을 내팽개치고
스스로 에워쌈에 가둬버렸는지도
어쩌면, 더 많은 긴 시간 동안
초침 소리와 대화하고 있는지도
자처하고 있는지도 모를 일
보금자리에 갇혀 허우적대며
벽 공간을 여행하는 듯
가슴 한켠 잃어버린 사람처럼
너덜너덜한 지푸라기 꽉 껴입은
심장 없는 허수아비인 양
들리지도 않고 보이지도 않는
하얀 웃음만 허공에 내뱉는다
시선은 창밖을 뛰어놀면서도
마음은 창공을 훨훨 날면서도
몸뚱이는 수레바퀴에 잡혀있다
가끔은 바깥세상과 떼어놓는
무의식서 눈뜬 게으름 녀석이
소맷자락 붙들고 있으니까
오늘따라 하늘이 참 예쁜데.

# 단절

서로 만나기만 하면
으르렁 서로 다툰다

말과 말이
걷어차고

말과 말이
거부하고

말과 말이
미워하고

말과 말이
싫다 하고

말과 말이

쳐다보지 아니하며
높은 장벽을 쌓는다.

# 향수

쉬엄쉬엄
햇살도 쉼 하다 가던 날

찔끔거렸던 똘똘한 눈
뙤약볕에 익다 못해
까맣게 타버린 얼굴

뜨겁던 사랑의 순간들
불쑥
떠오르는 찰나

과거의 한순간으로만
고이 접어둘 수는 없는

앓고 앓아도
도지는 사랑의 열병

쉰 김치 냄새나듯
풋풋한 향수로 다가와
내 가슴속을 헤집는다.

# 겨울바다에서

가을이 지나치며 찍어낸
발자국들 지워져 간다
인적없는 싸늘한 해변에
긴 혀를 날름대는 파도가
백사장을 다듬질하고
잿빛 커튼 드리운 하늘은
거친 숨소리 뿜어대며
수평선을 덮어버리듯
희뿌옇게 눈발을 뿌려댄다
시야가 막혀버린 바다에서
적막감은 얼음으로 변한다
아득히 잊혀져 버린
두려움이 잠에서 깨면
나는 한없이 작아지고
바람에 파묻히지 않으려
자꾸만 움츠리다가
한 줌의 모래가 되고 만다.

# 그 소녀는 지금

어디에 있는지조차
까맣게
모르고 지냈던
허름한 앨범 속에

꼭꼭 숨어있던
색 바랜 하얀 봉투

초록빛
열일곱 살
그 소녀가 웃고 있다

흑백 사진에 새긴 사연
"잊지 마! (1976. 10.)"

지면 끝머리에
깊숙이 스며드는
희미한 잉크 자국들

뜨거운 숨결처럼
와락
가슴에 안겨 온다.

# 봄은 왔지만

느긋하게 다가오는 봄 봄 봄

그 등 뒤에서 밀어줄 봄비가 내리면
빗방울 듬뿍 받아 마신 땅 껍질
하나둘씩 꿈틀거리며 포문을 연다

투명 유리잔에 가득히 담긴 봄비가
페퍼민트 닮은 듯 초록빛 해맑음이
꽉 막힌 마음속에 통로를 뚫는다

그러나 피부에 와 닿는 비의 촉감은
여전히 차갑기만 하다

겨우내 닫혀있던 비좁은 내 사고는
아직도 시원스레 씻어내지 못하고
제자리에 맴도는 한계점에 갇힌 채
한낱 무지갯빛 꿈에 젖고만 있으니

마음속 깊이 잠들어 버린 추억들은
전혀 깨어날 기미가 보이지 않는다
잠만 뽀얗게 전신을 엄습해 올 뿐
이를 어찌하면 좋으련.

## 꽃샘

진드기처럼
무거운 외투 자락은
쉽게 물러가기 싫은 듯

내 어깨에 떡 버텨 선 채
여전히 심술을 부리며
떠날 생각이 없나 보다

벽에 걸린 달력은
파릇파릇 새싹 돋아나고
곱다 한 꽃망울 피우는데

저 무심한 겨울은
황소처럼 뒷걸음질 치며
토라진 척 시샘을 하니

새아씨 걸음걸이처럼
조심스레 눈 뜬 백매화
제 낭군 소식 기다리다가

몹시 추운 모양이다
문밖으로 고개 내밀다가
제 몸 잔뜩 움츠리더라.

# 망각(忘却)

깜박 잊고 버스에 우산을 두고 내린 아쉬움
바로 엊그제만 같은데
마음속 바쁘게 돌아가는 시계의 초침 소리

시간을 앞질러 갈 마음 눈곱만큼도 없는데
아무렇지 않은 듯 면역이 되어 버린 몸짓들은
오늘을 훨씬 앞질러 가려고만 한다

손만 뻗으면 잡힐 것 같은 아주 가까운 곳에
나 자신을 향해 자꾸만 돌진해 오는 찰나(刹那)
나도 모르게 고개를 쳐드는 조바심

생활공간 구석구석에 흡수된 연륜의 먼지와
옷에 찌든 텁텁한 짠지 냄새마저 잊어버린 듯

다람쥐 쳇바퀴 같은 내 일상의 울타리 속에는
백지 위에 미처 올려놓지를 못한
정리치 않은 이야기들이 어지럽게 흩어진다.

# 부부란

너무나 가까우므로
습관적으로 소홀하거나
한없이 어렵게
느껴질 수 있는 사람

너무나 아까우므로
당신 때문에 손해 봐도
씩, 허 허 허
웃을 수 있는 사람

아무에게나
할 수 없는 제 속 말도
거리낌 없이
탁 털어 이야기하고도

눈 딱 감고
이해할 수 있는 사람
하나로 합쳐진
촌수(寸數) 없는 사람.

## 봄맞이

쨍그랑 소리 날 듯한
금세 깨어질 듯 맑은
북청색 파란 하늘에

대보름달 쉬 기울면
머지않아 이곳에
하얀 눈 녹아내리고

땅속서 숨바꼭질하며
숨죽이던 생명들
빼꼼히 얼굴을 내밀어

이곳 저곳 틈새에서
새싹들 왁자지껄 소리
서서히 들려 오겠지!

## 가을이면 생각나는

밭두렁 지키던 허수아비
쫓아낼 참새도 없이
지나가는 가을과 벗하며
심심한 듯
나무에 기대어 서 있다

소출한 놀담 집 담장 안
노란 감 함초롬히 매달고
제 옷 다 벗어 던지어
서 있는 조그마한 감나무

그동안 잃어버리어
떨구어 뜨렸던 많은 기억
시들은 꽃잎처럼 바랜 채
그림자로만 남아있던
지나간 시간 저쪽의 향기
잊혀진 추억들 가져오면

위궤양 통증 같은 그리움
홀연히 나를 덮어와
편지 띄우고 싶은 목마름
새색시 가슴 설레이듯
들러리 꽃처럼 펼쳐지는
젊은 날 또렷한 나의 초상.

# 진실

당신의

사랑하는
사람을 위한 선물은

돈으로
사는 것이 아닙니다

사랑하는 마음으로
사는 것입니다

그 마음이 참사랑의
선물입니다.

# 하늘을 날고 싶어라

농도 짙은
바다 물결 미끄러지듯
새하얗게 부서져 내리는
따스한 햇볕의 타래 아래

푸르게 영글어 가는 수초들의
활력있는 율동을 바라보면서
부추길 벗도 없는 빈 곳
초라한 내 가슴의 빈 마당

수수 빛으로 쓰다듬다가
내 머리에 맞닿은 파란 하늘
자유롭게 훨훨 날아다니는
갈매기들의 즐거운 날갯짓

아! 부러워라, 부러워라
내 어깨에 흰 털 날개 달아
파란 하늘 둥근 원 그리듯
갈매기와 두둥실 날고 싶어라.

# 벗

이제는 저마다 툭하면
각박한 세상에 벗 될 사람 없다고
되뇌며 사는 것이 유행되었다 해도
나는 아직도
침묵을 스스럼없이 나눌 수 있는
벗을 만나고 싶다
긴 시간 동안
별로 할 이야깃거리가 없더라도.

# 석양을 바라보며

한가하다는 것
바쁘다는 것 모두에
익숙지를 못하여 어수선하다고

그들이 건네주는 한마디에
흩어진 마음 다스리지 못하고
자신을 일깨우지 못한 채,
옳은지 그른지에만 집착하다가
굵은 선 쭉 그어버린 내가

풀기 어려운 것일수록
꼭 풀어내려고 하지를 않고
제 임무를 끝마친 듯
제 할 도리를 다했다고 한다

최선을 다했다는 지금
다가오는 나의 노년의 가을은
아름답게 나이테 새길까
굵은 슬픔으로 나이테 새길까

부모 품에 안주할 적
잠재울 수 없는 사랑 빛 받았던
기억들을 곰곰이 되새겨보며.

# 겨울 맞이

터널 속에 서 있는 듯
하늘에 어둠의 빛이 드리울 적
누군가
창문을 두드린다

닫혀진 가슴을 열려는지
쉼 없이 파고들어 오려 한다
분명,
가을이 떠나며 하는 말
내년에 다시 올 터이니
기다리지 마라

그렇게 홀연히 떠났는데
넌 아닐 테고, 누구일까?
좁은 틈새 사이로 빗장을 풀고
소름 돋듯 다가와 안긴 너
시리도록 차갑다. 누구인고?

얼떨결에 움켜잡은 손
투명 옥구슬 반짝거린다
아! 네가 돌아왔구나
싸라기가.

## 반성의 시간

찬바람처럼 외로워질 때면
하루하루의 대화들을 정리하면서
알찬 그 무엇을 찾는다

한 올 한 올 얽힌 고리를 풀어
한 마디 한 마디 속에 담겨진
자음과 모음을 해체하여 늘어놓고

심심풀이 이야기로 삼았던 것들을
말 없는 위안으로 감싸 안고서
미흡하고 소홀했던 것은 없는지

쌓이고 쌓였던 앙금을 가라앉혀
걸러낼 틈도 없이 허둥댔던
나 자신도 남이 된 나를 위하여

삶의 의미가 뭔지 나를 바라본다
때 묻은 껍질을 벗겨내고파서.

# 가을

바람 소리에
창문 슬그머니 열었더니
밤새 쪼그려 앉았던
젖은 단풍잎 하나
새벽이슬 툭툭 털면서
누가 볼까 봐
방안으로 쏙 들어오더라
얼마나 추웠을까.

## 솟구치는 태양

작은 새의 깃털만큼이나
먼 수평선 가뭇이
고개를 불쑥 내민 태양이
수평선 끝자락 붙들고
하늘로 오르려 하고 있다

마치, 바다의 몸통을 향해
깊숙이 자맥질하면서
검 붉은 심장을 헤집다가
솟구쳐 오르며
숨비소리 훅 토해내면
잠시, 심장도 정지한다

이 시간만은 이 시간만은
아무것도 생각지 않으리라
현상의 공간을 가로질러
무념의 세계를 오고 가듯
저 붉게 타오르는 태양을
가슴에 한껏 품어 안고서

발밑에서 출렁거리는
쪽빛 바다에 눈빛 담그고
무색무취 잠들고 싶어라.

# 훈풍

바람이
슬며시 다가와

헐렁한 바지 틈새로
손을 불쑥 집어넣고선
내 알몸을 만지고 있다

바람이
부드럽게 쓸어내리는
달콤한 애무에
온몸을 맡기면서

느긋이
바람의 숨결을 느끼다
스르르
깊이 잠들어 버린 정오

힘겹게 매달려 있는
벌레 먹은 나뭇잎들도

단잠 깨우면 어떡하나
살금살금
소리 없이 떠나고 있다.

## 삶이란

삶이란
가로 올과 세로 올이 서로 가지런히 얽혀
윤기 있는 천을 짜내는 것과 같다.

# 어릴 적 골목길

냇내 나던 동네 골목길
딱지치기에 숨바꼭질하며
사금파리, 땅따먹기하던 곳
손길 자국, 발길자국 따라
시간과 세월 아로새겨진
추억의 소중한 책갈피가
골목길에 가시처럼 박혔다
그러나 누군가 새 단장한 듯
낯설은 곳에 서 있는 듯
삶이 밴 내 골목이 아니다
남루한 모습은 흩뿌려지고
거덜 난 채 뒹구는 허접함도
토박이 냄새도 코끝을 떠났다
정감이 쌓여서 허물어지면
또 쌓아왔던 그 골목길엔
에어림이 듬뿍 배여 있건만
구구절절 느끼고 있건만
에우는 건 삭막함 뿐
옛 골목길 향수들만
알갱이가 되어 내려앉는다.

# 깨소금

아내가 볶아대는 깨소금은

사랑을 피우는 관심이어라.

## 자리 양보

시내버스를 기다리는데
웬일인지 조바심이 납니다
마침, 택시가 오길래
편하게 탔습니다
마음이 홀가분합니다

시내버스를 기다리는데
은근히 걱정이 앞섭니다
달갑지 않은 버스가 옵니다
마음이 꽤나 무겁습니다

저를 바라보던 학생들
노심초사합니다
핸드폰에 시선을 돌립니다

제 눈길도 창밖을 봅니다
양보할까 봐 미안해집니다
죄인처럼 전전긍긍합니다

자라나는 학생에게 되레
자리를 내주고 싶었었는데
다리, 팔, 어깨, 근육
아직은 쓸만하니 말입니다.

# 그리움 환영(幻影)

그리움은
내 곁에 머무는 줄 알았다
금세라도 다가와
깜짝 놀래킬 줄 알았다
시시각각
눈앞에 아른거리는 환영
사무친 사랑의 상흔으로
내 가슴에 칩거하는 줄만 알았다
잡힐 듯 잡힐 듯한 투명의 실체
목마름에 손 내밀면
그 손 꼭 잡을 줄만 알았다
와 닿지 못함에도
끊임없이 닿고파 하는 몸짓
가까이 서 있는 듯
침묵에 미끄러지는 가련한 존재
슬픈 듯 애원하는 바래기 눈빛으로
내 주변을 서성이다
다가서면 사라지는 보이지 않는 허상(虛像)
외로움과 허전함을 뿌리며
한 움큼의
통증만 몸속 깊숙이 스며든다.

제목 : 그리움 환영
시낭송 : 박영애
스마트폰으로 QR 코드를 스캔하면
시낭송을 감상할 수 있습니다.

# 건망증

오늘 무엇을 하기로 했지!
실타래 소로로 풀릴만한데
발쪽이듯, 풀리지를 않아서
뒤엉긴 어제 하루를
곰곰이 하나씩 헤집었지만

뒷간에 몇 회나 갔는지조차
날름 까먹어 버렸으니
출발지는 물론 도착지마저
안개에 쌓인 채 오리무중

내가 어제 밥은 먹었는지도
긴 듯 만 듯
기억 창고는 열리지 않고
녹아내리는 속절없는 한숨

이를 어찌할까나
어젯밤 보초를 선 문지기
대문 밖 가로등을 가리키며

너는 왜 시각장애 되었냐고
언제 눈을 밝히냐고
그렇게 주절주절 짜증 내며
욕하던 내가 민망스러워,

## 옛사랑 생각에

입맞춤을 합니다
마음속 숨은 사랑
슬쩍 떠나버릴까 봐
가슴에 품어 안고
톡톡 다독여 봅니다

땅거미 내려앉듯이
옛 추억 소소히
되살아나는 날이면
그대 품속 그리워
눈물방울 꽃 핍니다

창밖에 참새들이
폴짝폴짝 뛰놀 때면
내 사랑 기억나
바보처럼
눈시울 젖어 듭니다

상상이 나래라도
좋습니다
단 하루만이라도
꿈속이라도 좋습니다
단 한번이라도,

# 비 오는 날이면

빗방울 속삭이듯
창가를 두드립니다

당신인가요

눈물로 얼룩진
부드러운 숨결 소리

당신인가요

회색빛 담장 아래에
서성이는 그림자

당신인가요

가슴속에 파고드는
강물 같은 그리움

당신인가요.

# 육신(肉身)

엊그제만 해도 씽씽 잘 달리던
몹쓸 놈의 기계가 무뎌진 모양이다
아침마다 무던히도 애를 먹인다

언제부터 고장이 났는지 모르는 일
아무리 닦고 조여주고 기름칠해도
생각대로 시동이 걸리지 않는다

스프링 장치가 느슨해진 탓인 걸까
그게 아니라면
설마 부품이 녹이 슨 것은 아니겠지
도무지 해결책이 나오지 않는다

가족이 합세하여 힘껏 밀어 보지만
좀처럼 시동은 걸릴 기미가 없다
전문가 진단을 받았지만 논평 보류

도저히 안 되겠다
연료 라인에 이물질이 쌓였나 보다
기름 탱크에 윤활유라도 넣어볼까.

# 풀각다귀

흥흥 쿵쿵
쌜룩쌜룩거리는 촉각
깊은 잠에서 깨어나
음흉스런 눈빛 번뜩이며
엔진 소리 죽인 채
하나둘 출격하기 시작했다
은밀하게 재빠르게
연료통에 호스를 꼽고
에너지를 마구 뽑아내어
빈 연료통 가득
퍼 담고 사라진다
꼬리가 길면 밟히는 법
도둑 잡으려 벼르던 중
밤도둑이 다가온다
냅다 삽자루로 내리쳤더니
검붉은 선혈이 낭자하다
아차, 너무 세게 때렸나보다
살았나 죽었나 확인해 보니
도둑 흡혈기가 미동도 않는다.

# 시가 탄생하기까지

흐트러진 잡다한 잡음 소리
뒤죽박죽 뇌리를 스치며
깐죽거리듯 왕왕 짖고 있다

머릿속은 온통 새까만 종이
마음은 점 하나 없는 흰색이다
손가락은 질서 잃은 무법자가 되고
삼각편대는 서로 다른 독단을 품는다

우왕좌왕 줏대 없는 갈대처럼
파벌을 형성하며 밀고 당기는 형국,
중심을 잃은 대열은 곡선을 그리고
공간을 찾지 못한 시어들은 헤매고 있다

양보란 미덕은 검은 눈빛에 가려진 채
덜 여문 문자들의 무질서한 반란으로
갈 곳 잃은 활자들은 발버둥 친다

지휘자의 수신호엔 시각장애 되고
확성기의 외침에는 귀머거리인 척,
무선의 텔레파시도 자물쇠를 열 수 없다.

각자가 제 갈 길 간다는 아집
활자들의 중재 없는 힘겨루기에
오늘도 도무지 공론을 모을 수가 없다.

# 나이테

늘 청춘인 줄 알았지 뭐야
나이도 잃어버린 꽃무릇 마음
바람처럼, 햇살처럼
아무런 생각 없이 떠돌다 보니

휘 지난 세월도 몰랐었나 봐
불현듯 깨우는 젊은 날 허상
석양에 지는 낙조를 바라보며
회한의 눈시울이 앞을 가리네

번개처럼 사라진 굴곡진 인생
시간은 많으리라 생각했는데
삐걱대는 뼈마디들 울음소리
쉬엄쉬엄 가자며 하소연하네

버거운 징검다리 되돌아보면
이리저리 흩어진 추억 조각들
시렸던 흔적들 더듬어 보지만
육체는 속절없이 바래만 간다

# 둥지 잃은 동심

스산한 바람의 통곡
막다른 골목 휘돌아
으름장 놓으며
휙 스치니

빈 가슴 철렁
그림자 휘청
등줄기 식은땀 주룩

놀란 가슴 톡톡 치며
나뭇가지 이파리 엮어
그네 타는 무지개 소년, 소녀
일곱 살 아가야

파란 종이비행기
접어 펼친
바다 닮은 하늘 보며
다소곳이 숨죽여 지킨 맘

구름 꽃 호호 불며
찔끔거리는 햇살
살짝 들여다보는
둥지 없는 동심 어쩌나.

## 인생 동반자

뇌리에서 가출했던 기억 하나가
슬그머니 들어와 좌장 한다

앵돌아 앉은 반쪽이 너무 가여워
수많은 인생사가 새겨 놓은
발그림자 흔적을 따라서
웃음엣짓 하며 함께 숲길로 향한다

간절한 속삭임 소리가
귓가를 맴돌면서 회오리친다

오늘 당신을 살 거야
내가 오늘 당신을 샀으니까
딴 데 팔면 안 돼요

이게 무슨 말일까?

오늘 하루, 이 시간만이라도
한 조각을 반쪽으로 쪼개지 말라는
가시 돋친 한마디가

내 심장을 콕콕 찌르듯
무심했던 가슴 끝이 찡하게 시리다

바쁘다, 시간 없다는 핑계로
늘 한 조각이 되지 못했던 나 자신
둘이서 숲길 걸어본 지 언제쯤일까
말문이 잠긴다 미안함에.

## 아버지의 한숨

상이군인 내 아버지 의족 차고
어둑새벽 언덕길 절뚝절뚝 내려가다

아버지 맛난 것 사와요,

초롱초롱 자식들 눈망울에
하이고야 이 짐 언제 다 내려놓겠나,
푹 내쉰 한숨에 동백꽃 졌지.

내 아버지 목발 짚고
어둠 속 언덕길 기우뚱기우뚱 올라오다

아버지 맛난 것 사 왔어요

조롱조롱 자식들 반기는 소리에
하이고야 이 빈손 언제 채우겠나,
푹 내쉰 한숨에 달빛이 졌지.

상이군인 내 아버지
파르르 동백꽃 피는 날, 휘영청 달 밝은 날

바람 부는 언덕에서
파도처럼 한숨 토했을까
그 짐 다 내려 바다에 풀었을까

티 없이 쏟아지는 고요한 달빛 아래
아픈 제 몸 찢어 동백꽃 피어나면
허기진 그림자 길게 누워
붉은 눈물 뚝뚝 흘린다

앓아보지 않은 이, 그 아픔 어찌 알리오
이제야 파도 소리 철썩철썩 가슴 때리고
아버지 한숨 소리 쉬쉬 귓전을 파고든다

이제 빈손에 사랑 가득 찼으니
그 짐 다 내려 평안하소서

달빛 하얗게 쏟아져 내리는 날
그 한숨 앙상하게 여위어 간다.

## 새벽배를 타고 1

부질없는 짓인 줄 알면서도
첫 배를 타고
당신 처음 만났던 뭍으로 갔습니다

먼 수평선 너머
당신 흔적 남아있을까 기웃거리다
언뜻
당신인가 하다가 눈물이었습니나

그 뭍, 텅 빈 대기실에 홀로 앉아
내 남은 생 버티게 할
꼭 한 번만, 랑데부를 꿈꾸어 봅니다

못다 한 우리 인연 혹시나
다시 재회할 수 있을까, 기웃거리다
언뜻
당신인가 하다가 눈물이었습니다

우리 한때, 빛났던 날들이
제 눈앞에 다가와
고독의 조각으로 뼛속까지 스며들어
춥습니다, 시리게 춥습니다.

# 새벽배를 타고 2

혹시 만날 수 있을까
그 뭍으로 나서는 그리움
긴 뱃고동 소리에
가슴 터지도록 당신 불러봅니다

당신 그렇게 떠난 후,
흐르는 물처럼, 스치는 바람처럼
그렇게 살아보려 했습니다
그만 잊으려 했습니다

그러나
고생으로 얼룩진 당신의 투박한 손이
수시로 내 가슴에 물매질 하더이다

불현듯
느닷없이 불쑥 나타났다가
사라지는 당신, 찰나의 순간에도
기쁨이었다가 그리움이었다가

내 곁을 맴돌면서
기어이 시린 바람으로 안기더이다
정녕
내 가슴에 설화로 피려고 하는지요.

# 새벽배를 타고 3

내 지나온 생을 덮어
흔들리며 다가오는 당신
얼마나 더 많은 날을 그리워해야 합니까

당신인가 하면 눈물인 것을
당신인가 하면 울음인 것을
무엇이 있어 기다려야 합니까

영영 돌아올 기약도 없는 것을

별이라도 뜬다면 당신을 지워보련만
안개 천국인 이 새벽엔 보낼 수 없습니다

낮 배가 들어 오면
미련 없이 돌아서리라, 마음 다잡아도
당신만 사랑하겠다던 귓속말 언약
잊히지 않는 그 마지막 날

내 가슴 벼랑에 아프게 당신을 걸어 놓고
저녁 배를 타고 돌아오는 길
당신 없는 세상 살아갈 수 없으니
내 가슴 한쪽 당신께 내어 주고

살아있는 날들 어떻게든 살아가라고
고요한 달빛이 속삭이고 있습니다.

# 목련꽃

헤아릴 수 없는 세월
애타는 맘 토닥이며
쌓여가는 그리운 정
들물처럼 밀려올 적

백로 되어 날아와
하얀 속살 드러내어
봄 이슬에 목욕하듯
여인의 향기 내뿜는다

이슬 맺힌 가지 자락
둥지 튼 해맑은 새알
햇살처럼 방긋 깨어나
옛이야기 소곤소곤

건들면 톡 떨어지려나
만질까 말까 조마조마
함초롬한 미쁜 얼굴
애간장 태우는구나.

# 고뇌

퀴퀴한 옥탑방에 누워
갈 일 아득한 본능
자포자기하려 할 즈음
티 없이 맑은 울림
무아지경을 깨우지만

뿌옇한 미로를 걷는
방황하는 길 잃은 영혼
제자리 찾지 못하다가

바람 틈을 비집고
한 방울씩 흩날리는
가슴 시린 영상들
스승 삼아

미증유의 온갖 비늘
툭 털어버리고
빛깔 튕기는 활자
한두 개 얻기 위해
깊은 내면 응시하다가

원초적 마음으로
초심의 낚싯줄 던져
오메가로 다가서 본다.

# 의혹

이를 어쩌나
내 눈엔 하얗게 보이는데도
빨고 빨아도 때가 나오네

박박 문질러 손빨래했는데도
묵은 때가 솔솔 나오더니

세탁기에 넣어 빙빙 돌렸더니
기름때가 뭉클뭉클 나오고

빨랫방망이로 탕탕 두드려도
찌든 때가 얽히고설켜서
제대로 빠지지 않으니

이를 어쩌나
내 눈엔 하얗게 보이는데도
빨고 빨아도 때가 나오네

어찌해야 찌든 때가 쏙 빠질까.
누구 말 좀 해 주소.

# 보리고개여

그립다, 멀건 김치죽
허술한 밥상머리 앞
궁상맞은 뒷모습
어기적거릴 수 밖에 없어
숨이 막힐 듯
털어놓을 수 없는 절규
애절함에 콧등 시큰거리고
시도 때도 없이 그립다

닫혀버린 마음 한 켠
기지개 켜고 일어난 추억
콩쥐 팥쥐 이야기 새록새록
솟구쳐 오른 고초 어린 침샘

구색하고 초라했던 기억들
청양고추 씹힌 것처럼
뜨겁게 타올라
잊혀버린 서러움 방울방울
말똥말똥 선히 그려지는

물밀 듯 서리는 그 영상들
배고픔에 물배 채웠던
그때 그 시절 너무 그립다.

# 처음처럼

덧없이 흘러 버린 아득한 사랑 이야기
이젠 제자리에 되돌려 놓으렵니다

시시콜콜 따지던 부끄러운 내면의 세계
허공으로 훌훌 떠나 보내려 합니다

손아귀에 꽉 움켜진 채,
피눈물 묻혔던 생존경쟁 놓으려 합니다

무수히 떠돌던 소문들
스쳐 간 뒷이야기 뒷전에 밀어 버리고
뇌리에서 지우려 합니다

추악한 아귀다툼 뼈저리게 아파하며
처음처럼 새롭게 시작하려 합니다

수많은 세월 통렬하게 반성해 보건대
느지막이 철 들었나 봅니다

그동안 고장 나 버린 사랑의 추시계
딩동 소리 들리도록 품속을 열겠습니다.

# 수렴청정

끙끙 앓고 있습니다
내일 발표할 과제 때문에 조바심 납니다
혹시나 잘못되면 어쩌나
고민됩니다

문법도 그렇고 문맥도 영 자신이 없으니
궁여지책을 썼습니다
지척에 있는 오랜 지인에게
살펴봐 달라 도움 청했지요

제 능력이 부족하여 스승으로 모셨지요
한 번 두 번 교정을 받으면서
발표를 해보니 호응도가 썩 괜찮더라고요
모든 과제를 맡기기로 했지요

저 대신 지인이 다 해주는데,
머리 아프게 직접 작성할 필요가 있나요
그가 대행 대필 자신 있다는데,
지인이 시키는 대로 하기로 했지요

꼬리를 길게 늘어뜨리다가 결국
덜컥 들통이 나버렸습니다. 큰일났습니다
수렴청정을 했는가 안 했는가 하다가
세상이 시끄러워지니 참으로 걱정됩니다.

# 담쟁이

제가 느지막이
꽃바람 피고 있나 봅니다
늦가을에 우연히 만난 여인
어젯밤 꿈에서도 만났지요

해말간 민낯
홍조 띤 그 자태
제 마음 송두리째 훔쳐 버린
얼굴 빨개지는 그 여인

그 청아함에 그만 홀딱 반해
밤새 끙끙 상사병 앓다가
건 밤 하얗게 지새워 버렸지요

오늘도
갈바람 부는 들녘 응시하며
담벼락 위에 사붓이 기대어
그리움 하나둘 새기면서
누군가 기다리는 담쟁이 여인

다홍빛 그 모습에 취한 채,
잠시, 넋 잃고 바라보다가
불꽃 심장 누를 수 없었지요

그만, 여인의 입술 매만지다
살포시 입맞춤하고 말았지요.

# 교훈

새벽은
늘 밝은 모습으로만
내게 다가오지 않더라

때로는
슬픈 모습으로 다가와
나를 슬프게 하고

흐느끼며 다가와
나를 울리기도 하지만

화난 듯, 다가와
큰 소리를 치는가 하면

핏기없는 얼굴로
나를 우울하게 하더라

가끔은
차디찬 표정으로 다가와
나를 추위에 떨게 하고

따스한 표정으로 다가와
얼었던 내 마음을
훈훈하게 녹여 주더라

새벽은
어쩌면 나 자신일지도
내일은
나 자신이 어찌 변할까.

# 사춘기 시절의 그리움

청운의 꿈 펼치던 학창시절
눈길만 마주쳐도
방망이 치던 설렘 있었지
잠깐, 스치기만 해도
홍당무 됐던 그리움 있었지

길게 드리운 그녀의 그림자
가까이 다가올 적
행여나 밟을까 봐
주춤대던 애절함 있었지
말 한마디 건네지 못하고
핑크빛 쌓았던 짝사랑 있었지

세월의 강 저 멀리
사라진 단 하루의 인연
이젠 황혼이 되어 버린
소년의 가슴 깊은 곳에
깊게 각인시켜 버린

예쁘게 늙었을 소녀 보고파
그리움만 송알송알 쌓인다
낙엽이 하나둘 떨어질 때면
그 소녀 흔적 느끼고 싶어
코스모스 꽃송이 만져본다.

# 나눔

나눔이란

저보다 상대에게
더 필요한 그 무엇을

상대에게
나누어 주는 것이 아닙니다

저보다 상대에게
더 없어선 안 되는 그 무엇을

상대에게
나누어 주는 것입니다

세상에서
가진 자와 없는 자의 차이는

종이 한 장에 불과합니다

한 시간의 목마름
하루의 배고픔

그 차이에 지나지 않습니다.

# 꼴불견

하우스 안, 호롱박 주변에
각양각색의 박들이
대롱대롱 매달려 있네요
어느 날, 호롱박, 집 대문 입구에
등잔불이 켜지더군요

거꾼+세비박, 손짓을 합니다
함께 놀자고 초대를 하는군요
여기저기서 이름 모를 박들
슬금슬금 눈치를 보다가
제 낄 자리 있는지 기웃거리네요

챔피언 벨트를 지키려는 롱런박
맨 먼저 앞서 달려가는군요
챔피언 자리가 탐난 배불뚝이박,
질세라 합세합니다

맷집 세다고 자랑하는 맷돌박,
앞다투어 우르르 몰려듭니다
이를 가만히 바라보던 조롱박,
비웃듯, 웃음이 터져 나옵니다

먼, 알프스에서 이사 온 오돌이박
시사지에 풍자칼럼을 쓰는군요
"아우성치는 20대 백수들
이태백박도 좀 보살펴 주시지요"

## 휴식

눈개비 내리는 날이면
잔나무가지 기웃대는
그림 같은 창가에 앉아
초롱꽃 무늬 진 찻잔에
진한 커피 음미하면서
저 하늘에 기도하듯

따스한 커피잔
살포시 두 손 감싸안으며
푸르른 나의 잎맥에
사붓이 초대하는
이른 새벽과

우우 거리면서 밀려오는
피로로 머무는 하루를
정리하여 마무리 짓고

나의 하루하루를
일회용 컵처럼
쓰고 버리고 싶지 않은
조그마한 소원이라도
그 누군가에게
간절히 전하고 싶다.

# 노후

노후를 보내며
풋풋이 흩어지는
외로움을
지팡이에 의지한 채

마지막일지도 모를
한 해를
굵은 외로움으로
나이테를 박으며

오늘도
세월의 페이지를
넘기시는
노 부모님에게

지폐 몇 장 가지고
그분들의 느끼는
세밑의 스산함을
메꿀 수가 없다

그분들의 바램은
배 속 아픔으로 얻은
보고픈 제 새끼들
목소리와 얼굴일 테니까.

## 희생

바람이 마른 먼지를 휘몰고
거리마다 번잡을 떠는 계절
죽은 듯 서 있던 나뭇가지에
순식간에 터져 오르는 생명

유리창에 서서히
아기를 품어 안고 젖 먹이던
한 폭의 풍경화가 그려진다

교과서의 목차처럼
반복되는 하루하루를
가끔씩 지루한 기지개 펴며

아이들 뒤치다꺼리만 하다가
모든 궂은 것들 껴안고선
세월을 다 보내 버린 모정

우리를 낳고 키우시느라
허옇게 거북등 살 트인 채,
연로하여 축 늘어진 뱃살도

76

꽃피어 씨를 맺고 시드는
씨방 같은 젖무덤도
고귀한 희생의 증표인 것을,

푸석푸석 잦아드는 그 피부
숱이 적은 은회색 머리칼
누가 감히 추하다 하겠는가.

## 제눈의 안경

오늘따라
왠지 모를 미안함에
나 자신도 모르게
굳게 닫힌 창가에 다가서서
내가 왜 그랬을까
되새기는 내가 참 얄궂다

끝도 없이 꼬리 무는 후회
밀물처럼 밀려드는 목메임
긴 심호흡에도 속이 아리다

제 자식 아끼듯이
혹시나 때 묻을까
흠이 생길까
제 갈 길 잃지는 않을까

진한 입김 호호 불며
한시라도 놓지 못했던 안경
언제부터인가
그 귀한 줄도 모르고
무심코 벗어 버린 내 안경

잘 새겨 보란 듯이
그때는 보이지 않았던
나쁜 점만 콕콕 끄집어내어
이러쿵 저러쿵 떠들어 대는
제 잘난 체만 하는 심보

당신은 제 눈의 안경이라며
물 한 방울 묻히지 않겠다며
보물 같은 것을 구슬려서
수십 년을 데리고 살아 놓고
도대체 왜 그랬을까.

# 한 편의 시

활자에 불 지피고
숨죽인 잿 속
참스러움만 다듬어 모아
그려내어 수 놓은 듯

내가 알지 못한 이유로
사마,
마침표를 찍지 못하고
끝마친 그 아픔으로

불꽃놀이의
마지막 장을 연출하듯
꼬리 내려 스러지는
생명의 재를 풀어헤쳐

활자 하나
거꾸로 매달아 놓은 후,
헤어짐에 아쉬워하는
마름질할 수 없는 표정

한 편의 시가
담기고 남긴 공간 속에
함축된 시어가 남겨둔
그 여백은 자유로움이요
그 여분은 넉넉함이다.

# 새벽 빛

전등도 잠들어 버린
깜깜이 창문을 뚫고 온
상큼한 새벽 햇살은

어석어석 살얼음 낀
콘크리트 바닥
한 뼘치 땅속에서

봄의 씨헐음으로
진통을 치르고 피어오르는
이름 모를 풀꽃처럼

촛불 꽃 무리 안으로
녹아드는 내 바램에
응답으로 메아리치고

빌딩 숲에 가려진
손바닥만큼 남아 있는
연고동 빛 하늘은

고뇌에 또 다른 고뇌가
뿌리내려 얽혀
겨우 한 올 고뇌를 푼
찬바람처럼
혼돈을 겪는 듯하다

가슴에 가뭇없이 차오르는
촛불의 순수함 속에
세상만사 때묻은 껍질과
티끌을 태워버리고

오늘도 내 어릴 적
어머니를 따라
깨금발 뛰던 즐거움으로
어둠을 뚫고 나가야지.

## 그리움 2

감빛 석양 스며드는
뒷집 들창 틈새로 들려오는
아기의 배냇웃음 소리에
화로의 뜬 숯 온기처럼

꿈의 흔적으로만 남아 있던
눔찬 추억이
통증처럼 홀연히 나를 덮어와
잔물결 되어 파도를 치고

편지라도 띄우고픈 목마름에
차멀미하듯
참꽃 향기로 다가서는 그리움
내 할머니

까마중 따서 입 안에 넣어주고
제비꽃 꺾어 다발 지어
품 안에 안겨 주던 할머니

풀벌레들 나래짓 하던 날
내 슬퍼할까 봐
잠시, 장터에 다녀오신다던
내 할머니

지금이라도 금세 오실 것처럼
기억 속에 함초롬히 매달린 채
떨궈지지 않고 있네...

# 사랑

당신의 고운 숨결
마음속에 움틀 때
내 심장 한쪽
그대 쉴 수 있도록
활짝 열어두겠습니다

손톱 닮은 초생달
뜬구름에 숨더라도
잠긴 마음 빗장 풀고
달빛만은 차곡차곡
가득 쌓아두겠습니다

그대 행여나 추울까
내 마음 쉼터에
따스함 넘치도록
예쁘장한 이부자리
곱게 펴두겠습니다
오실 때도 살며시
떠날 때도 살짝꿍
남몰래 가더라도
달콤한 숨결만은
두고 가세요
홍조 띤 미소는
남겨두세요.

# 겨울 정원


깨어질 듯 맑은
북청색 하늘에
대보름달 서서히 기울고

회색빛 하늘 낮게 내려앉아
바람 한 점 없는
빈 나무 잔가지 위에

송이 큰 솜털 눈
동화 같은 풍경 사진
대롱대롱 매달았구나

세상의 온전한 삶
한 겹 두 겹 씌워 놓은 듯.

# 충돌

잘잘못을 앞에다 펼쳐 놓고
내 것을 뺏기면 안 된다
네 것을 빼앗아야 한다

서로가 눈에 불을 지피고
상대에게 눈총을 겨누면서
기선 제압에 돌입하고 있다
탐색전이다

잘잘못 쟁취할 묘안 찾느라
호시탐탐 기회를 엿보다가
주거니 받거니
툭 툭 잽을 날린다

이 골목 저 골목에서
구경꾼들 편가르기 한 후,
훈수를 두기 시작한다
청백전이다

아이들 싸움이
어른들 싸움이 된 형국,
내가 먼저 네가 먼저 하다가
어퍼컷이 날아간다

잘잘못을 점령하려다가
동네 전쟁터로 변해 버렸다
결국, 지칠 대로 지친 모양,
자칭, 대표들 머리를 맞댄다
잠시, 휴전이다.

# 맑은 아침

일곱 빛깔 무지개가
오늘따라 너무나 곱습니다
흔들리던 마음에
가지런히 실선을 그립니다

문득
누군가와
이야기를 나누고 싶습니다

가로수 그림자 길게 늘어진
늪 풀 향기 은은한
고즈넉한 오솔길 거닐면서

풀꽃들 잔잔히 널려있는
나무그늘 벤치에 앉아
바람 소리 매미 소리 들으며
차마 못한
이야기를 나누고 싶습니다

따가운 햇살에 반짝이며
깨알같이 부서지는
바닷가 물결을 바라보며
맺지 못한
이야기를 나누고 싶습니다

전등불 밤 밝히면
밤하늘 찬란한 별들이
희미하게 빛바래어
도시의 그림자로 남겠지만
함께
이야기를 나누고 싶습니다.

# 여름문 닫힐 때

여름을 허물어 대는
풀벌레 합창 소리 들린다

땀방울 뻘뻘 흘리며
장작불 사르던 태양도
뜨겁긴 뜨거운 모양이다
지민지 불러선다

이제 해방이다
휴식이다
심호흡 허공을 꿰뚫는다
수식어처럼 따라다녔던
곡소리도 희미해진다

언제나 그렇듯
똑같이 반복되는 일상
그 한 켠을 비집는다

더위를 먹고
어느새 웃자라 버린
때 낀 못난이 손톱, 발톱
바닥에 나뒹구는 초생달

햇살이 뛰어놀던
검게 그을린 기미진 얼굴
사각 거울에 복사한다

그림자도 생기지 않을
껍질뿐인 증표가 나온다
나를 향한 탄식 소리
형광 불빛에 가려진다.

## 포근한 바다

바다 바람이
체온 같은

훈훈한 향기를 거느리고
내 몸을 휘감는다.

몰빛 마랜 하늘 자락
받아 내렸나 보다

가지런히 이음질한 수평선
물결을 감싸 안으며
조용히 곡선을 그린다.

물결들이 앞다투어
조각 햇살 안아 비추고

제 곁의 물결과
금세 짝짓기 하더니

아기가 만들어 놓은
모래성으로 다가선다.

# 선택

제가 너무나 어리석었습니다
거짓말인 줄 알면서도
믿어보기로 하였습니다
혹시나 하는 마음으로
손도장을 눌러 버렸습니다

어느 날부터 믿음은
실망으로 변해가고 있습니다
그들이 제 가슴 깊숙이
씨앗을 심었기 때문입니다

제 가슴이 꿈틀거립니다
씨앗이 싹을 피우나 봅니다
독한 제초제를 뿌렸습니다
그런데도 시들지 않고
꽃망울을 맺었습니다

잠겼던 텅 빈 울화통에
火(화) 꽃이 활짝 피었습니다
비웃음 향기가 풍겨옵니다
냄새가 너무나 역겹습니다
누구를 원망하겠습니까.
제 발등 찍었으니까요….

# 구애

길섶을 지나려니
소리쟁이 잎새가
살포시 접혀있어
궁금하더라

슬쩍 엿 봤더니
긱다귀 녀석 보건 말건
벌건 대낮에
사랑놀음에 빠졌나 보다
정신없더라

실낱 닮은 긴 다리에
그린나래 자랑이나 하듯
뒤꾸부리 부대끼며
남몰래
가시버시 연 맺고 있더라.

# 정답은 없다

인생은
하나의 물음표에 대한
답을 얻기 위해
고뇌의 길로 들어서지만
영원한 정답은 없다

숱한 방랑과 방황으로
물음표의 답을 구하지만
답은 또 물음표를 준다

물음표는 꼬리를 물고
물음표는 물음표를 낳고
물음표로 답을 요구한다

결국, 답과 물음표 중간에
줄임표, 쉼표가 끼어들고
치열한 논쟁을 벌인다

그렇게 인생은
물음표를 풀지 못한 채,
끝없는 정답을 찾다가

물음표를 남겨두고
조용히 마침표를 찍는다.

# 벚꽃 피는 날

어젯밤 봄비가
그렇게 울더니

어여쁜 공주 닮은
연분홍 아기

상가에 내날린 채
까르르 웃는구나.

지나던 참새들도
가는 길 멈추고

덩달아 노래하며
첨벙첨벙 물장구질

어느새 내 마음도
동심으로 돌아가

고사리손 맞잡고
개구쟁이 되었네.

# 폐가

누구를 기다리실까.
벌레 먹은 감잎 헤집고
손 흔드는 초가집
칡덩굴 쇠사슬에 갇혀
도와달라 소리치고 있네.

야윈 몰골에
누더기 걸친 가냘픈 몸
금세라도 주저앉을 듯
막대기에 제 몸 묶은 채
휘청휘청 거리고 있네

곱던 자태 어디로 갔나
금세 온다던 그 말 믿고
님 기다린 숱한 시간들
너무나 서러워라
눈물마저 말라 버렸네

적막을 먹고 살면서
문밖을 응시하던 세월들
오직 사랑이란 절개로
미움을 가슴에 묻고
님 오실 날만 기다리네.

# 고리타분

우리는 지금
아리송 세계에 살고 있나 봅니다
쌀 뻥튀기가 주변을 뒤덮고 있는
그런 세상 말입니다
누구나 한 번쯤은 먹어봤겠지요
하얀 줄만 알았던 이 뻥튀기가
문세는 하얗지만은 않더라는 겁니다
여러 색깔이 있었습니다
색이 약간 바랜 뻥튀기라 할지라도
그저 그런대로 먹을 수 있습니다
선택의 폭도 넓어지겠지요
다양함도 맛볼 수 있겠지요
그런데 말입니다
변해가는 소비자 입맛은 고려치 않고
눈꼴사나운 뻥튀기를
생각 없이 만드는 회사가 있습니다.
자신들은 그렇게도 맛있나 봅니다
새빨간 뻥튀기, 새까만 뻥튀기를
소비자들은 아예 외면해 버립니다
그러다 보니 판매가 저조합니다
그 회사가 참으로 걱정스럽습니다
팔리지 않는 뻥튀기만 고집하는
회사를 향한 냉소를 알고 있는지요

그러다 한 방에 훅 가면 어쩌렵니까
소비자는 왕이라고 한다지요
지금도 늦지 않았습니다
하루빨리 운영방식을 바꾸시지요
달짝지근한 뻥튀기가 기대됩니다.

# 그리움

기억에서
멀어질 쯤이면
들국화 향기로 다가와
그리움
슬그머니 피우더라

텅 빈 가슴 에치로 있니
바람 올 타고와
내 마음속에
둥지 틀더라

창밖 서성대는 바람에 묻혀
나뭇잎 움츠린 밤에도
자꾸만
눈가에 아롱지더라

새벽 먼동 밝아 올 때면
그리움
아침새 되어
저 만큼 멀어지더라.

# 첫사랑

수심 어린 그대 모습
그림자 되어 서성대지만
마음속
추억으로 담아 두겠습니다.

그믐날 초생달처럼
새하얀 둥근달 사모하듯
남몰래
빨개지는 얼굴 감추겠습니다.

별빛 우수수 쏟아지는 밤
슬픈 귀또리 가락에 묻혀
저 혼자
고운 님 세 글자 그리겠습니다.

저에게 살며시 보내준 미소
그리움 되어 다가온다면
한달음에 달려가
잃어버린 고백 읽겠습니다.

제목 : 첫사랑
시낭송 : 박영애
스마트폰으로 QR 코드를 스캔하면
시낭송을 감상할 수 있습니다.

# 경험

길에 박혀있는 돌부리는
누군가를 쓰러뜨리고
왜 그랬는지 생각하라며
뼈 아픈 충고를 건넨다

돌부리에 채여 넘어진 후
ㄱ 충고를 받고

돌부리에 화풀이하면서
발로 차버리는 사람

그냥, 오늘 재수 없다며
무시해 버리는 사람

자신의 경솔한 행동으로
벌어진 일로 받아들여
다시는 반복지 않도록
노력하는 사람이 있다

슬기로운 사람은
돌부리가 알려준 충고를
깊게 새기어 고마워한다

왜냐하면, 그 충고는
지혜로운 자에게 만 주는
실패를 풀 수 있는
귀한 선물이기 때문이다.

## 그리움은 언제나

겨울비 추적이는 오늘은
옛사랑 가슴에 묻은 날
마시고 또 마신 술에
취한 듯, 취하지 않는구나

가슴에 곱게 피던 꽃이
꺾어진 것을 알았나 보다
눈개비가 새벽잠 설치며
그렇게도 흐느끼더구나

새하얗게 훨훨 날아와
서리꽃으로 변하더구나

기억을 아무리 닦아내도
홍수처럼 밀려들더구나

고이 간직했던 추억들이
생각 끝을 서성거리다가
한 장 두 장
페이지를 넘기더구나

연거푸 들이킨 술잔에도
머릿속에 둥지 튼 님은
내 가슴속에 파고들어
방울방울 꽃 피우더구나.

# 기회가 남아있다면

내게 잠시 빌려준 것이란 걸 알기까지는
어림잡아 수십 년이란 세월이 흘렀다
지금도 사용하고 있는 그 귀한 것을
대충 쓰다가 싫증 나면 버리기도 했지만
귀찮다며 내팽개쳐 버리기도 했었다
그저 그런 하찮은 존재였을 뿐,
대수롭지 않은 기억 밖, 휴짓조각이었다
공짜로 빌렸다고 마구잡이로 취급했었다

배꼽 탯줄에 묶인 채, 세상에 나온 날부터
누군가 내게 빌려준 너무나 그 귀한 것을
무심코 만지작거렸을지도 모르는 일이다
생명을 싣고 달리는 우주 열차라 부를까
천금 아닌 그 무엇과도 바꿀 수 없는
그 귀한 것이 지나가도록 난 알지 못했다

어느덧 서산 너머를 기웃대는 황혼이지만
늘 내 호흡 소리와 함께 보폭을 맞추면서
오늘도 어디론지 쏜살같이 달리는 시간들
늦었다 생각되는 지금, 다시 시작해 보자
그래도 남아있는 부스러기라도 있을테니
쪼개고 또 쪼개도 모자랄 금쪽같은 시간.

# 바람은

빙글빙글 맴돌다 춤을 추다가
거대한 회오리로 돌변한다
모습도 형체도 드러내지 않고서
거목도 송두리째 뽑아버린다
우주의 쓰레기 한 아름 품에 안고
느린 듯 빠른 듯 서서히 몰아친다
제 얼굴 꽁꽁 감춘 손재
엄청난 괴력 으스대며
삼킬 듯이 다가오는 거함이다
목소리 없는 벙어리
어부바도 할 수 없는 공허
혼자만의 울림도 없다
벙어리도 자신만의 소리가 있지만
바람은 결코 혼자만의 소리가 없다
공기를 이용한 간접 저항
물방울, 눈보라와의 만남과 이별
남의 몸을 빌려야만 소리를 낸다
그러나 자신의 목소리가 아니다
스치고 부딪히는 마찰음일 뿐
맛도 향기도 없는
색깔 없는 표정이다.

## 새해 맞이

작년에 입었던 헌 옷을 훌훌 벗어던지고
새해가 건네준 새 옷으로 갈아입었지만
걱정이란 놈이 내 몸뚱이를 붙잡고 있다

새 옷을 입었으니 깡충깡충 뛸 만도 한데
좀처럼 그럴 기분이 돋아나지를 않는다
작년에 묵은 때를 미처 벗기지 못해선지
몸이 따갑도록 가렵고 뒷맛도 찜찜하다

아무런 준비도, 계획도 세우지 못했으니
가슴속에 덜커덕 소리가 날만도 하겠지
그동안 자신만만 어깨가 하늘 높았으니.

늦었다 생각되는 지금이라도 때를 벗자
향수도 뿌리고 더부룩 수염도 깎아내고
그리곤 기쁜 마음으로 새 옷을 갈아 입자

찾아온 밝은 새해를 반갑게 맞이하자
사람이 삶이 무서워 쥐구멍에 숨는다면
사람이 사람을 만나기도 겁이 나겠지.

# 갈망

살며시
그대 가슴을
똑똑 두드려 보았습니다
망설이다가
빨간 꽃잎을 남겼습니다

살짜이
그대 마음을
슬쩍 열어 보았습니다
부끄러워서
노랗게 수를 놓았습니다

남몰래
그대 품 안에
꼬옥 안겨보았습니다
용기를 내어
쪽지 하나 남겼습니다

깜쪽같이
그대 눈빛을
슬그머니 훔쳐보았습니다
애처로움에
하얀 손수건을 남겼습니다

그대가 마음 열지 않아도
당신의 눈길 주지 않아도
마냥 바라만 볼 수는 없기에
그럴 수밖에 없었답니다
당신을 너무 좋아하니까요...

# 기억을 더듬다

태양도 바다 끝머리에 앉은 날
목마름에 거닐던 바다 둑방길
마음속에 인자(仁慈)로 각인된
물밀 듯 밀려온 추억 하나둘

주마등처럼 문을 열 듯
잊혀졌던 그리움 한자락
새록새록 깨어나
뇌리를 열어젖힌 잔잔한 기억

그 날 그 아침
가슴 시리게 처연(凄然)했던
애절한 이야기 파도에 쓸려와

묻혀버린 사랑 끄집어내고
그 잔상 조각배에 띄웠더니
은빛 파도가 되돌려 보내더라

# 탄생

쪽문을 빼꼼히 열어 놓고는
몇 날 며칠을 기다렸을까
작년 가을 낌새는 보였지만
온다는 날짜는 대충 알았지

어림잡아 가슴에 새겼지만
오랜 기다림은 지루하기만 했지
보고픔은 둥근 탑 쌓아만 가고
애간장은 새까맣게 타버렸지

낙엽 지고 하얀 눈 녹을 때까지
구부렸다 폈다 했던 열 손가락
밤하늘 별님들 몇 번을 세었나

행여나 소식 올까
혹시나 기별 올까
어젯밤 꿈속에서 공주를 만난 후
해돋이 깨기 전에 빗장을 뺏지

숨 가쁘게 창문을 두드릴까 봐
설레임은 자꾸만 콩닥거렸지
예쁜 이름표 하나 손에 쥐고서
마음속 그리움은 자라만 갔지.

## 그림자 화가

기억 속에 자리를 잡지 못한 존재
모든 물체를 그리는 화가
항상 붓을 들고 다니는 그림쟁이
천연색 물감의 유혹에도 꿋꿋이
검정 수묵화만 고집하는 일편단심

밤낮을 가리지 않고
빛이 있는 곳이라면
그 어디든 아랑곳없이 달려가
장소에 구애 없이 감쪽같이
온 세상에 수묵화를 그린다

자연적, 인위적
달, 태양, 가로등 빛을 응용하여
그 누구도 감 잡을 수 없는
한 폭의 그림을 탄생시키기까지
소요되는 시간은 제로

빈센트 반 고흐도, 그 어떤 화가도
감히 표절도 복사도 할 수 없다

살아있는 듯하나 죽어있는 그림
죽은 듯하나 살아 숨 쉬는 그림
자유자재로 변신하는 듯
시간 따라 움직이는 듯
그림을 그리는 그림자 전문화가

하루도 빠짐없이 오늘도
휴식도 수면도 모른 채
눈 깜짝할 새, 광속보다 더 빠르게
틈새 없이 그림을 그리고 있다.

## 잃어버린 추억

서산 끝 붉은 해가 머뭇거린다
헤어짐이 못내 아쉬운 듯
느릿느릿 발걸음을 떼고 있다

산 중턱을 거닐던 조각구름
새하얀 깃털 한 개 똑 떨군다

가슴 속 비좁은 쪽방 안
웅크렸던 추억들이 슬그머니
눈곱을 비비며 기지개를 편다

쪽문을 반쯤 열어 놓았더니
지우개로 채 지우다 만 향수가
길잃은 생각을 내게 데려온다

어디서 본 듯한, 무엇을 찾아
잠시 눈을 지그시 감고
얼룩진 기억을 입김으로 닦는다

김 서린 흐릿한 유리창에
모락모락 연기가 피어오르고
저무는 가을 하늘에
수채화가 또렷이 영글어 간다.

# 종착점을 향하는데

오늘의 소중함을 깜박 잊어버리고
오직 내일만 믿고 미루다가
일 년 삼백육십오일 대부분을
연기처럼 허공에 날렸던 허송세월

언제 증발했는지도 알지도 못하고
야금야금 까먹어 버린 올 한해도
열두 조각 중, 눈 깜짝할 새,
겨우 한 조각만 덩그러니 남았다

허황이란 꽁무니만 뒤쫓다가
열두 번의 좋은 기회를
물 쓰듯, 흥청망청 소비해 버린
자연이 품속에 안겨준 귀한 시간을

무심코 내팽개쳐 버린 채,
멀뚱멀뚱하게 쳐다만 보면서
오직 나 자신의 옹고집만 맹신하며
고삐를 더욱 바짝 당기지 못했던
내 곁을 맴돌면서 머물던 푸른 말이

육신을 샅샅이 핥고 떠난 후에야
후회가 철썩철썩 파도를 일으키고
진한 아쉬움 깊이 자국을 새긴다.

# 징검다리

변함없는 디딤돌 사랑
옷깃이라도 젖을까봐
행여나 미끄러질까봐
조마조마
철렁이는 가슴 다독이시네

발걸음 내디딜 적마다
가까이 다가서려는 듯
찬 물살도 아랑곳없이
들락날락 자맥질하시네
가쁜 숨 토해내시네

요동치는 심장 토닥이며
걱정 반, 근심 반
두근두근 맘 졸이시네
온 신경 곤두세우시네

혼자서
살아가는 방법 터득하라고

스스로
가시밭길 세상사 배우라고

두려움 떨치고
제 등 밟고 가라 하시네.

## 짝사랑

뿌리칠세라
놓칠세라
잃어버릴세라

안절부절
콩닥콩닥

꼬옥 움켜쥐고파
꽁꽁 숨겨두고파

안달난 마음
건들면 톡 터질 것 같은

새콤달콤
달짝지근한 맛

# 하얀 코스모스

이슬처럼 청순하여라
햇살처럼 해맑아라
갸웃갸웃, 절레절레
바람 끝 붙잡고
방긋 웃는 소녀야
곱닥하기도 하여라
화장기 없는 민낯
티 없는 모습
다소곳한 자태
부끄럼 타는 듯
싱글싱글, 벙글벙글
어찌 그리 어여쁠까
그대 얼굴 보노라면
그만 홀딱 반하여라
하얀 코스모스 소녀야
꼬옥 껴안고 싶은
물결 같은 그리움아.

## 시간과의 동행

기억 언저리로 깊이 잠들어 버린
어제는
눈 깜짝할 새
시간의 강물에 흘러가 버리고

해돋이 빛살 타고 쏜살처럼 달려온
오늘은
옷 갈아입을 생각도 주지 않고
함께 일터로 동행하자 하는구나

내일을 그림 그려볼 겨를도 없이
무심한 시간은 왜 이리도 보채는가
어제, 오늘, 내일도
쉼 없이 물레방아 돌려야 할 인생

나약한 자신을 초침에 내맡긴 채
영원한 시간의 포로가 되어
주름살 나이테 새겨야만 하는 삶

세상사 희노애락 부질없구나
눈가에 애증 꽃 송알송알 피느나.

# 가을 그리움

남몰래 꽃씨를 심어두었더니
가슴 한 켠 깊숙한 곳에
꽃 한 송이가 꿈틀대고 있습니다

봄날을 까맣게 잃어버렸던
기나긴 터널 속을 뚫고 나와
새하얗게 사알짝 피어납니다

꽃봉오리 하나둘
콩닥콩닥 톡톡 터질 때마다
심장은 뜨겁다고 아우성입니다

풋사랑 나눌 적 입맞춤처럼
언제일 적 이야기인지도 모를
홍조빛 그리움이 잠에서 깹니다

내 마음 몽땅 빼앗겨버린
그대의 어여쁜 연분홍 입술
곱다한 복사꽃 모습 아롱집니다

자석처럼 밀고 당겼던 그 시절
알콩달콩 사랑 쌓던 추억들
가슴 미어터지도록 돋아납니다

빠알갛게 익어가는 단풍잎처럼
부끄러워 어쩔줄 몰라하는
정든 님 숨결 소리가 그립습니다.

## 동화책 주인공

가을바람 타고 온 잿빛 그리움이
살랑살랑 내려앉아 품에 안기어
곱다랗게 기지개를 펴고 있다

헛간에 숨었던 햇살 같은 추억들이
잠에서 깨어나 옹기종기 모여든다

내 어릴 적 개구쟁이가
은밀히 담장을 성큼 넘어들어와
숨넘어갈 듯 창문을 두드린다

수도꼭지 튼 앙작쟁이가
눈깔사탕 한 알에 빙그레 꽃 피우고

막무가내 보채는 코흘리개 소년이
땅바닥에 드러누워 보채고 있다

철부지 꼬맹이가 깡충깡충 거리며
채 여물지 않은
꽈리고추 매만지며 까르르 웃는다

나이를 잊어버린 채
세월을 갉아먹은 한 사내가
거울 속을 물끄러미 쳐다보다가
소낙비 쏟아지듯 실소를 퍼붓는다

영욕의 세월과 샅바 씨름 하다가
몇 정거장이나 지나쳤는지 모르는
천진난만스런 그 소년은
어젯밤 꿈속 동화책 주인공일 뿐

그 울보 녀석 빼닮은 할애비가
서산 너머 해지개를 붙잡고 있다.

# 깨달음

그 길었던 세월 대충대충 때워놓고
왜 인제서야 아쉬워 한숨 지우나
가식에 파묻혀 똬리 틀고 앉아서
세월만 갉아먹은 허무한 인생살이

긴 세월 가면으로 꽁꽁 가리고
환상을 쫓아다니 미련퉁이였는가
깨달음 뒤끝에 시큰거리는 콧등
닫힌 가슴마저 새콤하게 저며 온다

각박한 삶에 갈대처럼 휩쓸렸던
쪼잘 난 생김새 펼쳐보았더니
서글픈 자화상만 흐느끼고 있구나
자신을 달래며 위로해야 하는
한없이 외로운 형국에 갇힌 채로

한 발짝도 옴짝달싹할 수 없는
창살 없는 공간에 멍하니 서 있구나
곁에 있는 출구도 보지 못하고
후회를 쏟아내며 훌짝이는 존재여.

## 장밋빛 사랑

남몰래 가슴에 묻으면
널뛰는 기억들 새까맣게 잊혀질까

슬며시 가슴을 열면
바래진 추억들 연기처럼 사라질까

모른 체
지금껏 붙잡던 무채색 그리움
슬쩍 놓으면 달아날까

조용히
비워야 할 자리에 잠시, 둥지 틀고
머뭇거리는 쪽빛 사랑일 뿐

눈 감으면
돋아나는 그녀의 어여쁜 미소도
방울방울 물거품처럼 사라지고

풍선처럼 부풀어 올랐던 마음만
몽땅
훔쳐가 버린 옛사랑들
반짝이던 지난날의 허상이었네.

## 잊지 못하는 사랑

아무것도 보이지 않았다
고운 님 기다리는 줄 알았는데
헐레벌떡 숨 가쁘게 달려왔는데
꿈이었다
그리움이었다
환상이었다
혹시나 뇌들이 을끼뵈 기다렸지만
혼자였다
이름 모를 잡초만 갸웃거릴 뿐
아픈 상처만 피어올랐다
왔다가 돌아갔다는
이름 석 자가 적힌
메모지만 덩그러니 꽂혀 있었다
고운 님 모습 어디론지 사라지고
투영되어 다가온
사그라진 뼛조각에 눈물 훔쳤다
보고 싶은 간절함이 눈개비 되어
하염없이 흘렀다
토성도 목이 메여 울고 있었다
하얀 장미 백 송이도 함께 울었다.

# 배낭 하나 달랑 메고

햇살이
해바라기처럼
노랗게 웃는 날이면
휘이휘이
길섶을 헤치고
산자락 허리춤
네 모퉁이 돌고 돌아
지평선 훌쩍 넘어
저 땅끝으로
무작정 걷고 싶다
목적지도 없이
종착역도 없이
배낭 하나 달랑 메고
발길 닿는 대로
산이 좋아 들이 좋아
휘파람 노래 불며
언제나 그랬듯이
뚜벅뚜벅
묵묵히 걷고 싶다
노을에 물들고 싶다.

# 세월의 페이지는 넘겨지고

바람마저 잠들어버린 듯
풀벌레도 인기척 없는 이른 아침
가슴에 빈자리는 늘어만 가네

빗장 건 새벽 문 열리지 않았는데
잡다한 생각들 꿰맞추다가
이름 모를 산새들 모닝콜 소리
달콤한 여행도 취소되어 버렸네

꿈속의 사랑은 여물지 못했는데
조각조각 부서지듯, 사라져 가고
곱다 한 기억 담아두지 못한 채,
세월의 페이지는 넘겨져 버렸네

시간이 지배에 순응해야 하는가
텅 빈 공간에 갇혀 버린 운명
마음은 훨훨 날아가고 있건만
육체는 쇠락으로 빠지고 있구나
아직도 할 일은 산더미 같은데....

제목 : 세월의 페이지는 넘겨지고
시낭송 : 박영애
스마트폰으로 QR 코드를 스캔하면
시낭송을 감상할 수 있습니다.

# 민심

참는 것도 한도가 있는 법
견고히 쌓아놓은 성이라 착각한건지
우르르 무너질 모래성이라 믿었는지
평정심을 떠보려는 얄팍한 술수

참을성을 무너뜨리려 작정하였나
인내심의 한계점을 멋대로 잡아놓고
은근히 시비 걸듯 건드려 보려는 속셈

항상 낮은 자세로 임하노라 떠들면서
하늘에서 내리꽂듯 바라보는 눈초리로
생쥐처럼 슬쩍 시험해 보는 간사함

민심을 제 손바닥 저울추에 달아매고
제멋대로 해석하는 아둔한 자들이여
그들은 한없이 낮잠만 자지는 않을 터

활시위 떠난 불씨가 심지에 다다르면
걷잡을 수 없는 불꽃 어찌 감당하려고
제 잘못 이마에 붙여두고 땜질 처방뿐,

물꼬는 언제까지 막혀 있지는 않는다
물길이 터진 후 아무리 읍소해 본들
되돌릴 수 없는 것을....

## 밴댕이 가슴

알다가도 모르는 게
속 좁은 사람 마음인가 보다
이 몸은 다르리라 자신만만했건만
한낱 기우에 지나지 않았구나

겉과 속이 다름을 일찍이 알았지만
내 안에 다른 내가 또 있을 줄이야
도대체 그 사람은 누구란 말이더냐

정도를 따라가려 노력했건만
눈 가리고 아옹 하는 꼴이었구나

번질 한 외모 뒤에 사탕발림 숨기고
아닌 척, 모른 척
시침 떼는 그 사내를 알 수가 없네

분명 내 모습은 아닐 터인데
걸핏하면 촐랑대며 시샘을 해대니
지금껏 내 모습은 거짓이었더냐
언제쯤 티 없이 살 수 있을까.

# 돌아갈 수만 있다면

물방울 떨어지듯
톡톡 뛰는 심장박동
아직도 청춘은 내 안에 있음인데
육신은 황혼길로 달려가고 있구나

꾀꼬리 노래가 바람 타고 흐르고
낮달도 물에 잠겨 잠을 자느냐
뭍 사내의 외로움을 사랑하면서도
내 외로움은 쉼터 없는 공간 속에
오래도록 가둬두고 있었구나

끝없는 가슴속 반란을 다독이며
지난날 아쉬워 뒤돌아보면
뼈 마디마디에 통증이 돋아나듯
내 마음에 가벼운 파문을 던진다

소박한 내 삶의 작은 테두리는
인생의 종착지를 기웃거리는데
필름에 담긴 빛바랜 지난 추억들
긴 세월 덧씌워 묻혀버린 시간
그토록 그리운 줄 이제야 알았네.

## 오름을 오르며1

문살 사이로 태양이 뚫고 들어와
찌뿌드드한 육체를 일으킨다
바람도 햇살 아래로 숨고루기 하는가
솔솔히 불어대며 건들거린다
어서 가자, 어서 가자 잡아끄는 환청
배낭도 스틱도 어깨에 걸터앉는다
발걸음은 어느덧 동검은이 오름 중턱
주마간산(走馬看山) 따로 없구나
뾰족한 삼각봉이 노려보듯 서 있다
포효하는 군마 등줄기에 올라탄 듯
마음은 하늘로 하늘로 오르고 있다
깎아지른 정상은 말갈기를 닮은 듯
고소공포증이 현기증을 몰고 온다
목덜미를 거쳐 뿜어대는 입김
남몰래 터지는 야! 야아!
온 세상 거머쥔 듯 희열에 빠진다
저만치 한라산이 부릅뜨듯 노려보며
오름들을 거느리고 돌진해 온다
뒤는 바다요 앞은 형언치 못할 태산
톡톡 뛰는 심장박동 터질 듯하다
진퇴양난, 사면초가 형국
바람도 겁먹었나 유유히 사라진다.

## 오름을 오르며2

어느 시인이 건네준 한 장의 사진
마음 뺏긴 풍경을 찾던 중
어느덧 그곳에 우뚝 서 있었다
오름 능선들 어깨동무하며
바닷가서 두둥실 춤이나 추듯
손안에 쥐어진 그림 같은 사진은
수평선 맞닿은 한 폭의 풍경을
통째로 들고 온 양 흡사하다
하늘이 바다를 제 몸인 양
착각에 빠진 듯 바다로 내려와
보란 듯 진한 입맞춤하고 있다
심드렁한 오름들 뱃놀이하며
명상에 잠겨 시 한 편 짓는 듯
경계선 들머리에 닻을 드리워
구름발치 그늘에 살포시 앉아
시간과 공간의 역사를 돌아보며
과거를 스승 삼아
현재를 정리하고 미래를 대비하며
깊은 사색에 잠겨있다.

## 오름을 오르며3

가슴에 드리운 짙은 그림자
오름 들머리로 등을 떠민다
맛깔난 사려니의 상큼함이
찌든 알레르기를 치유하려는 듯
신록의 초록빛 향기가 은은하다
아! 외마디 탄성 소리
고요함이 스멀스멀 밀려온다
바람결에 눈송이 휠휠 나리듯
때죽나무들 하얀 꽃잎 따내며
길다란 융단을 펼치고 있다
백년가약 선포한 날이던가
자태를 드러내는 팔색조 우아함
산딸나무 가지마다 눈꽃 같은
하얀 나비들 축복하듯 포롱인다
산들바람 초록향 뿜어주며
막힌 가슴을 뻥 뚫어 버린다
오름 멧부리 너머 한라산도
뭉게구름과 사랑에 빠졌나 보다
호숫가에 평화만 가득하니
마음은 어느덧 멱을 감고 있다.

# 오름을 오르며4

억새들의 가을 향연 초대장
세상의 굴레를 벗고 오름에 섰다
살 맞대고 둥지 튼 3개의 분화구
헤아릴 수 없는 억새의 군집 속에
흐드러지게 핀 억새들의 흩날림
한 많은 숨결을 간직한 듯
이방인에 제 가슴 속살을 여민 채
너울너울 살풀이춤을 추고 있다
억울한 주검들 한풀이나 하는가
산자락 억새들 유혹하는 손짓
홀리듯 삼매경에 빠져든다
가냘픈 능선 아름다운 곡선미
꿋꿋이 지켜온 지조와 절개
누가 명명했나 오름들 여왕이라고
낭만과 운치 따라올 자 누구인가
바람도 죽은 듯 하는구나
잠시, 지친 몸 쉬어가라 하는구나
네 품에 안기어 오늘 만은
고된 삶의 여정 잊고 싶구나.

## 오름을 오르며5

벅찬 오름앓이 보채는 시월
한라산 자락 들머리에 들어섰다
화장기 없는 원초적 모습 그대로
어서 오라, 탐방꾼들 유혹하며
자연의 달콤함을 안겨주는 오름
산새들도 가을 향에 취해 잠들었나
그윽한 숲 내음 살며시 머문다
참으로 곱닥하기도 하여라
빠알갛게 물든 단풍잎새
행여나 밟을까 조바심 난다
초입지 군락 이룬 조릿대
사열하듯 가장자리에 늘어서고
사락사락 바지깃 스치는 소리
힘내라라는 응원가로 다가온다
짙은 안개가 커텐을 드리우면
발 디딤도 버거운 아쉬운 마음
허둥대며 사라지는 오르미를 보며
수풀과 어우러진 천연색 물감도
아쉬운 듯 작별의 눈물 찔끔인다
능선 언저리에 둥지 튼 무덤 하나
여기에 잠든 이는 누구일까
상여소리 아련히 메아리치고
매지구름도 슬픈 듯
하염없는 눈물 뚝뚝 떨구고 있다.

# 오름을 오르며6

한라산 서북 벽 코앞
남성적 기운 흐른다 했던가
검붉은 조랑말 반가운 듯
한바탕 포효하며 기뻐한다
하늘가 양 떼도 밀물 듯 달리고.
억새들 백발 머리 찰랑거린다
곁님과 함께 흥얼거리며
걸어도 좋을 탐방지 아니던가
물끄러미 바라보던 으아리꽃
은은히 내리쬐는 햇살과
말동무하려는지 꽃단장하고
숲 터널을 떠돌던 피톤치드
쏜살같이 달려와 품에 안긴다
곶자왈을 죄다 옮겨 놓은 듯
자연도 교감하고 싶은가 보다
숲 대문이 활짝 열린다
차곡차곡 이어지는 오름, 오름
가파른 산세 따라 반짝거리는
파도 같은 억새들 물결, 물결
무슨 설명을 곁들이랴
잠시, 억새 곁을 걷는듯하다
멋들어진 풍경에 홀렸나
오르미들 술 취한 듯 휘청인다.

## 오름을 오르며7

하얀 눈발들 오름을 머금는다
세상사 흔적 지우기나 하듯
꼭짓점만 둥둥 띄워놓고, 가물가물
하얀 가림막에 꽁꽁 숨어버렸다
언제나 요지부동 일편단심으로
까마득 잊혀질 옛이야기 간직하고
아귀다툼 세싱살이 낱낱이 기록하며
제자리 지켜온 산 증인인가
피할 수 없는 날카로운 시선들은
마음속에 숨겨진 편견과 아집들을
도도히 읽어내며 조목조목 꾸짖는
감히 거부치 못할 큰 태산이다
내가 너를, 네가 나를 보듬어줌은
가없는 시대의 순명이었던가
내가 꿈속서 몽상에 서성일 적
너는 잊혀가는 추억을 안겨 주었고
네가 세상을 감시하며 배회할 적
나는 촛불처럼 심연을 쏟아부으며
함께 역사의 고리줄 이어 왔건만
우리는 아직껏 서로를 알지 못한다.

# 오름을 오르며8

부패된 분비물을 걸러 멘 등짐이 무겁다
마른 신음으로 헐떡이는 꽉 막혀버린
도시의 콘크리트 장벽에서 벗어나
앞서거니 뒤서거니 쉼표를 찍어대며
백설에 잠겨버린 다랑쉬 혼백 따라
세월의 발자취 느끼며 쉬엄쉬엄 오른다
산자락 바람결의 속살거리는 유혹에
내딛는 발치마다 울부짖는 소리
바위틈에서 옴짝달싹 못하는 혼백들
한 서린 밤 슬퍼하며 눈물 숲 이루고
길손에 짓밟히는 뒹구는 넋들
사라진 생의 처절함 귓가를 맴돌고
허공에 실려 온 흐느낌에 황혼은 아프다
모질게 털어내도 아른거리는 환상은
샘물 찾아 할딱이는 목마른 숨결인 듯
처절하게 몸부림치며 폐부를 파고든다.

# 밤 달무리

헤아릴 수 없는 별빛
쏟아붓는 밤하늘
털 층 구름 속 얼음 알갱이
바람의 심통도 아랑곳없이
한 폭의 환상을 그려냈다

은은한 백자 항아리
무지갯빛 달무리기 하얀 미소 지으니
애처로운 눈길로 바라보고 있다

달님의 우산을 받쳐 들고
달맞이 가려는 듯
달빛 속에 그림자 드리워
홀연히 떠난 낭군님 그리워하는 여인

수심에 잠겨있는 듯
서럽도록 흥건히 젖은 눈매는
가슴속에 쌓인 그리움의 무게
잊혔던 애틋한 기억들 문을 연다

여인의 외로움 달래 주려는 듯
발 동동 구르던 흰 나비별 하나
초롱 거리는 눈망울로 물끄러미 보다가
달무리 속에 슬쩍 파고들며
금빛 손수건을 건네고 있다.

# 요즘 세상은

지쳐간다, 쉴팡이 없다
어디 한 군데 성한 데도 없다
머릿속도, 영혼도
숨소리, 호흡도 쉽지 않다
그렇게 한없이 지쳐만 간다
온 천지를 사막 벨트 채운 듯
부릅뜨고 중무장하고 있다
간간이 음표 소리 들리건만
나의 노래가 아니다

맑은 울림이 들리지 않는다
성냥갑 틈새 소음 쩌렁거리고
숨 막힌 흙먼지만 풍겨댈 뿐
설움을 씻겨줄 울림이 없다

오매불망 기다림에도
세월아 네월아 무심하기만.
그저 하늘만
묵묵히 눈물 뚝뚝 떨구며
안타까운 눈길 보낼 뿐이다.

# 거울 속의 다른 나

**임세훈** 제2시집

초판 1쇄 : 2017년 2월 13일

지 은 이 : 임세훈

펴 낸 이 : 김락호

부록(시낭송집 시낭송 편집) : 박영애

디자인 편집 : 이은희

기 획 : 시사랑음악사랑

인 쇄 : 청룡

연 락 처 : 1899-1341

홈페이지 주소 : www.poemmusic.net

E-Mail : poemarts@hanmail.net

정가 : 15,000원

ISBN : 979-11-86373-61-3